Ne olursa olsun seveceğim çocuklarım için...

Orijinal adı: No Matter What
First published in Great Britain in 1999 by Bloomsbury Publishing PLC
London, England

Sertifika No: 40077

ISBN: 978-605-332-176-7
Genel yayın numarası: 3049

Çeviren: Nevin Avan Özdemir
7. Basım: Nisan 2018

Baskı
FABRİKA BASIM VE TİC.LTD.ŞTİ
Göztepe Mah. İnönü Cad. No: 74/A - Mahmutbey-Bağcılar / İSTANBUL
TEL : 0212 294 38 00 - FAKS : 0212 294 39 40 - Sertifika No: 14461

Türkiye İş Bankası Kültür Yayınları
İstiklal Caddesi, Meşelik Sokak No: 2/4 Beyoğlu 34433 İstanbul
Tel: (0212) 252 39 91 - Fax: (0212) 252 39 95
www.iskultur.com.tr

Akıllı Tilkinin Masalı

Debi Gliori

TÜRKİYE İŞ BANKASI
Kültür Yayınları

Minik tilki Lokum
kendini yalnız ve
keyifsiz hissediyordu.

Önce yazı tura oynadı. Sonra biraz gürültü patırtı yaptı. Topuyla duvara vurdu. Güm sesi çıkarmak çok hoşuna gitti. Sonra da kovadaki suyla oynamaya başladı...

Gürültü Kızıl Tilki'nin
dikkatini çekti. Merakla:
– Ne yapıyorsun, Lokum?
diye sordu.

Lokum:
– Canım sıkılıyor. Ben yaramaz bir yavruyum. Beni kimse sevmiyor! diye cevap verdi.

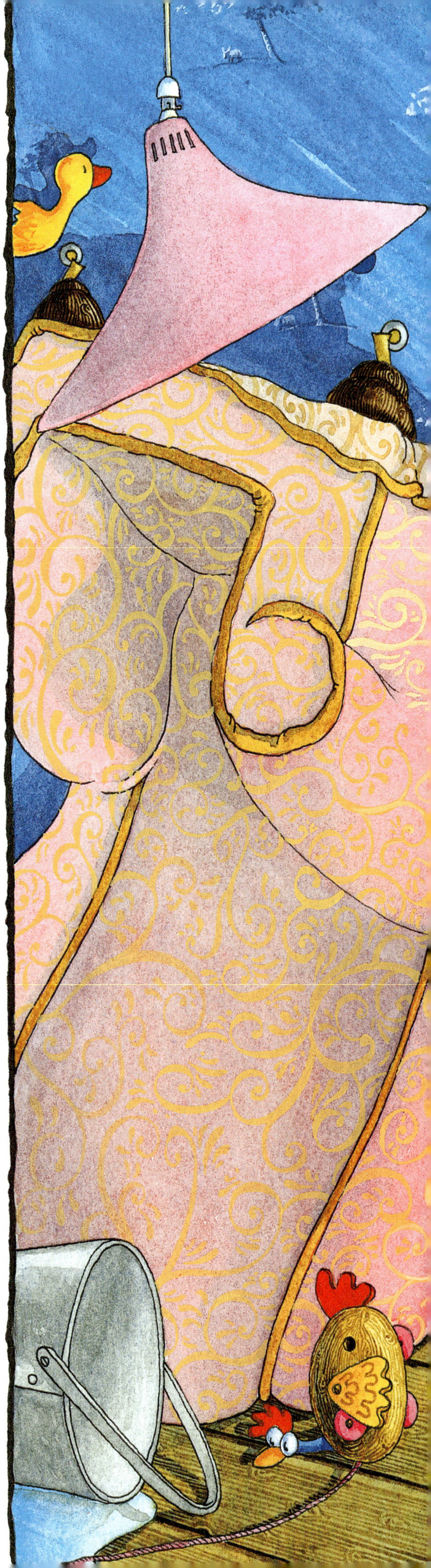

Kızıl Tilki:
– Ah Lokum! Ne kadar yaramaz olursan ol, ben seni her zaman seveceğim! dedi.

Lokum:
– Eğer kocaman, vahşi bir ayı olsaydım; beni yine sever, benimle yine ilgilenir miydin? diye sordu.

Kızıl Tilki:

– Tabii ki severdim! diye cevap verdi. İstersen ayı ol ya da olma! Ne olursa olsun, seni her zaman seveceğim!

Lokum:
– Peki bir böceğe dönüşseydim, beni yine sevip sarılır mıydın? diye sordu.

Kızıl Tilki:

– Elbette! diye cevap verdi.

– Ne olursan ol, seni her
zaman seveceğim!

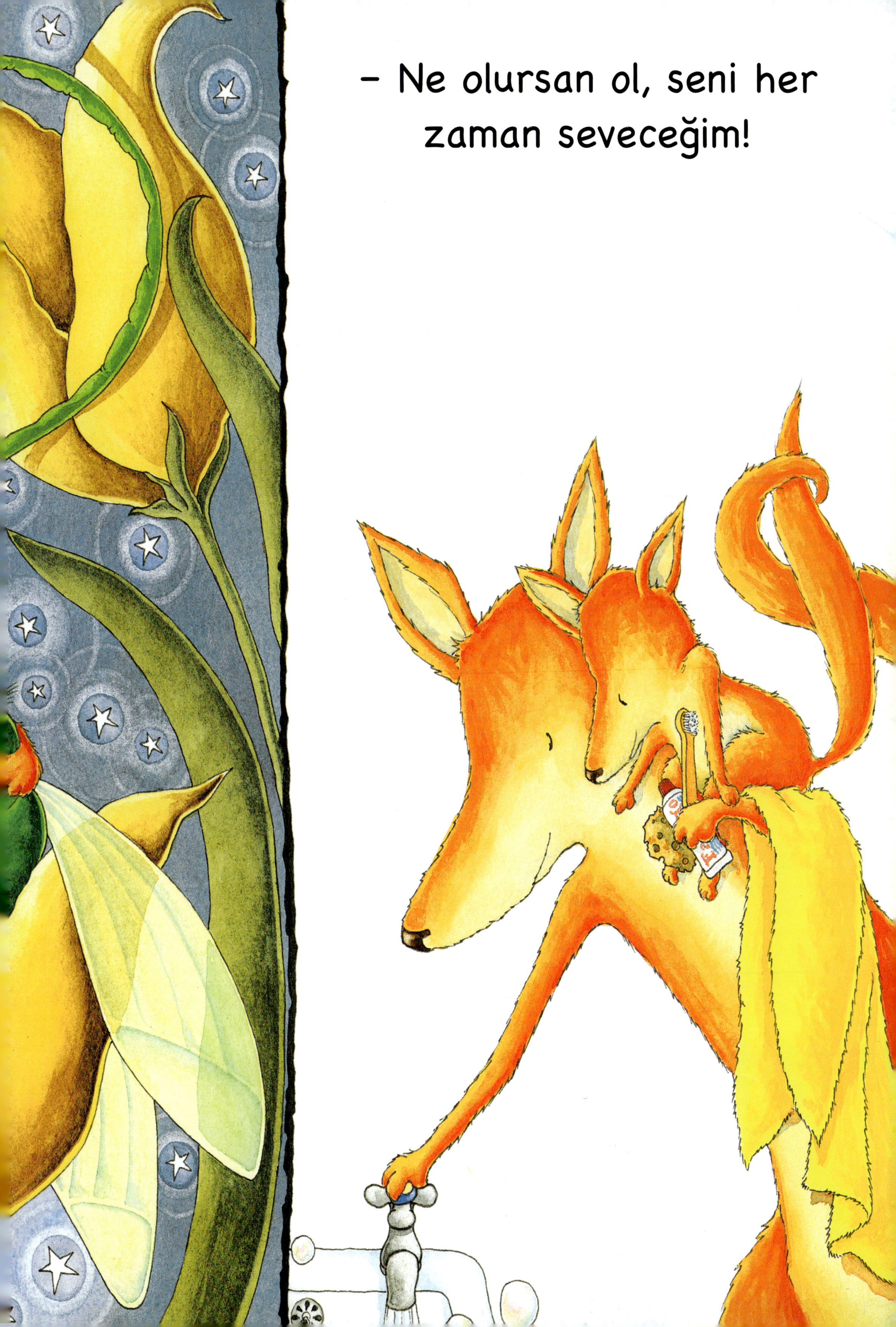

Lokum:
– Ne olursam olayım, beni sevecek misin? diyerek, gülümsedi.

– Ya bir timsah
olsaydım?

Kızıl Tilki:

– Sana sımsıkı sarılır, her gece yatağına yatırır ve yorganını örterdim, dedi.

Lokum:

– Sevgi nasıl bir şeydir? İnsanı yorar mı? Kırılıp bükülebilir mi? Tamir edip, yapıştırabilir miyiz? Sevgiyi düzenleyip, istediğimiz yere koyabilir miyiz? diye sordu.

Kızıl Tilki:

– Ah yavrucuğum, ben her şeyi bilmiyorum, diye cevap verdi. Sadece seni her zaman seveceğimi biliyorum.

– Peki, başka yere gittiğim zaman, beni yine sevecek misin?

Kızıl Tilki yavrusunu kucağına alıp, pencerenin önüne götürdü. Gecenin karanlığında, Ay ve ışıldayan yıldızlara bakarken,

– Bak, yıldızlar ne kadar güzel parlıyor ve ışık saçıyorlar! Ama bu yıldızların bazıları uzun zaman önce yok oldu, dedi.

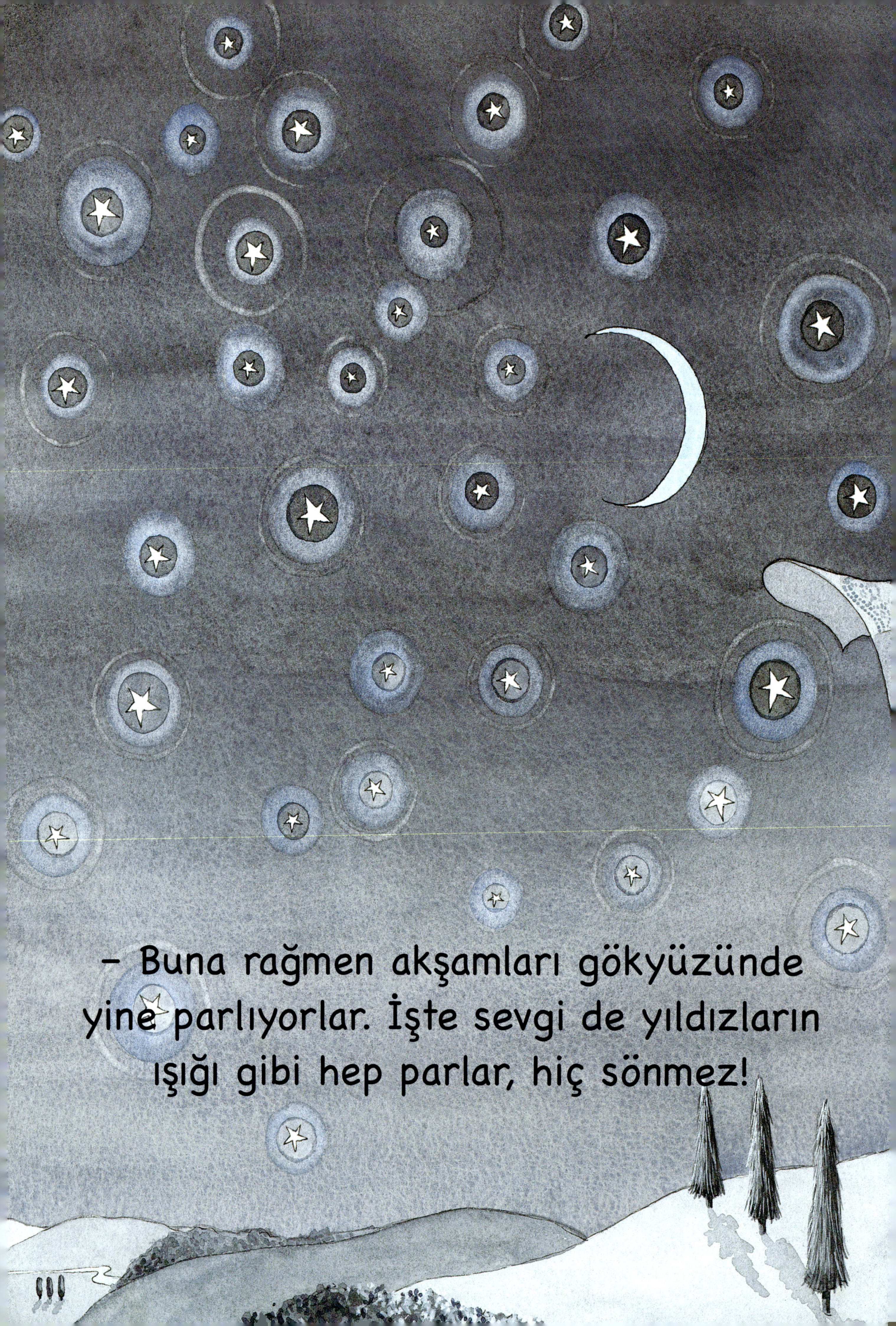

– Buna rağmen akşamları gökyüzünde yine parlıyorlar. İşte sevgi de yıldızların ışığı gibi hep parlar, hiç sönmez!